I0547409

Entre luces rojas

∞

Historias de carreteras

Copyright © 2022 José Álvarez Bernal
Todos los derechos reservados.

Título: Entre luces rojas: historias de carreteras
Autor: José Álvarez Bernal
Corrección y edición: Whigman Montoya Deler
Maquetación y diseño de portada:
Jorge Venereo Tamayo

Información de catalogación de publicaciones disponible en la Biblioteca del Congreso de los Estados Unidos.
LCCN # 2022945770

ISBN 10: 1-7365719-3-1
ISBN-13: 978-1-7365719-3-4

info@edicioneslaponia.com
www.edicioneslaponia.com

Impreso en los E.U.A., 2022

Ediciones Laponia

Entre luces rojas

∞

Historias de carreteras

José Álvarez Bernal

A mis padres, hermanos, familia y amigos, los que siempre están y nos ayudan a mantenernos a salvo entre luces rojas.

A mi Shelita, mi Jose y mi Alex: mi fortuna.

Índice

Introducción 11

Un encuentro inesperado bajo la lluvia 15

Tom y Pequeña 23

¿Scotch o bourbon? 31

Un instante sin retorno 37

Una luz intermitente a lo lejos 47

El ciclista 57

Reencuentro...63

Cambio de planes..69

Demencia 79

Una lección bien aprendida 89

Introducción

Aun antes de vivir en los Estados Unidos, una de las cosas que siempre me causó gran impresión, fue su sistema de comunicación vial: autopistas interestatales, carreteras federales y locales o de condados. Miles de millas construidas con diferentes materiales que proporcionan vías confortables, seguras y de alta tecnología para garantizar el desplazamiento de millones de personas a lo largo y ancho de todo el país.

Conducir un automóvil en los EU y en la mayor parte del mundo, no sólo constituye un acto de diversión y esparcimiento, sino una actividad necesaria para millones de personas que se desplazan largas distancias para llegar a sus centros de trabajo, amén de aquellas que guían vehículos de carga, de servicios de emergencia y del también imprescindible transporte público que libera a tantos de la engorrosa tarea de la conducción.

He sido un piloto con muchas horas de «vuelo» sobre el asfalto y aunque no poseo el don de concentrar la atención, siempre he tratado de poner todos mis sentidos en el acto de conducir. Gracias a esto, a la suerte y a las encomiendas al Señor, por parte de mi madre y familia; mis contratiempos en las carreteras se han limitado a algunas escaramuzas sin mayores connotaciones, ¡y espero que así siga siendo!

Manejar de noche siempre ha sido de mi preferencia. Recuerdo cuánto disfrutaba de la sensación de paz que me proporcionaba bajar el vidrio de la ventanilla y dejar que el viento fresco y húmedo me golpeara la cara. Eso mejoraba cualquier travesía por largo que fuera el camino; lo mismo cuando se trataba de las pequeñas calles de mi ciudad natal, que de las grandes avenidas de los otros países a donde la vida me ha llevado. Con el correr de los años, sin embargo, la pérdida de algunos reflejos y el desgaste natural de la visión han convertido el placer de conducir en la oscuridad, en un gran desafío.

El paso del tiempo me ha hecho ser mucho más consciente de los peligros que entraña sostener un timón, de manera especial, durante las horas nocturnas y de madrugada, cuando uno se desplaza a través de las autopistas repletas de vehículos, cuyos faros traseros parecen dibujar un enorme río de lava sobre el trayecto. Aunque, lo confieso, yo no había reparado en el efecto de estas luces ni en su verdadera amenaza, hasta que ocurrió aquel accidente de tráfico de mi esposa.

Uno suele pensar que sólo será un «espectador de sexta fila» en este tipo de situaciones, pero a veces nos puede suceder a nosotros mismos o a alguien muy cercano. Tal fue mi caso. Por eso quisiera llamar la atención de todas las personas amantes de la vida, la familia y demás bendiciones que tenemos en este mundo, mostrándoles estas historias, la mayoría de ficción y protagonizadas por diferentes personajes que por una razón u otra se ven involucrados en percances como el sufrido por mi esposa, quien un día después del accidente y a pesar de su fortaleza de espíritu, me miró a los ojos y pronunció esas palabras que me sirvieron de inspiración:—...tenemos que volver a las luces rojas, ¿verdad?

Un encuentro inesperado bajo la lluvia

«A veces, la decisión más pequeña, puede cambiar tu vida para siempre».

Keri Russell.

Aquella noche la maestra fue a la cama pensando en la próxima mañana cuando recibiría la visita del distrito escolar al que pertenecía su escuela, un centro de enseñanza primaria donde impartía sus conocimientos como profesora bilingüe. *Mrs.* González, como la llamaban los alumnos, amaba su profesión. Los años de experiencia y de constante superación hacían que su labor resultara fácil y amena para los estudiantes, quienes disfrutaban de sus clases y de la especial relación que se había establecido entre ellos.

El anuncio de la visita lo había recibido ese mismo día. La nota del aviso estaba firmada por la directora del centro de estudios, una veterana pedagoga de trato amable, pero que también era muy exigente con los deberes de su oficio. La estricta dama gozaba del respeto y la admiración de todo el gremio de profesores, aunque algunos bromeaban a propósito de su peculiar modo de vestir y de sus lentes bifocales de armadura verde fosforescente, que siempre llevaba apoyados en la punta de la nariz. Incluso había quien se refería a su mano izquierda como la mano del diablo, por el simple hecho de que era zurda. Estos comentarios jocosos no le hacían demasiada gracia a *Mrs.* González, ella sentía verdadero afecto y gratitud hacia aquella señora que tanto apoyo y comprensión le había brindado desde sus comienzos en el ejercicio del magisterio.

Tres o cuatro veces se desveló *Mrs.* González durante la noche. Por fin, antes de que sonara el despertador, separó su cabeza de la almohada y desconectó el aparato para evitar que el estridente sonido alarmara a su esposo; él aún podría descansar un par de horas más porque tenía un horario de trabajo diferente al de ella. Enseguida se levantó, se vistió y abandonó la habitación sigilosamente.

A la salida del pasillo encontró a su perro. El animal la esperaba allí cada mañana para recibir, en su barriga, una rápida sesión de caricias y de esos susurros que, a juzgar por el movimiento continuo de su cola, lo hacían muy feliz.

En cuanto llegó a la cocina una palabra mágica se encendió en su cabeza: ¡café! Conectó la cafetera y comenzó a preparar algo para el almuerzo de sus hijos quienes volverían de la Universidad en la tarde, unas dos horas antes de que ella regresara a casa. A través del cristal de la ventana vio caer las primeras gotas de lluvia. Pocos segundos después la llovizna se había convertido en un diluvio, uno de esos que siempre le hacían evocar lejanos días de infancia en su pueblo natal cuando jugaba bajo los copiosos aguaceros tropicales. Casi en el mismo instante, otro recuerdo empañó la divertida visión de su memoria.

Eran las palabras del mecánico durante el último servicio de mantenimiento. Le había dicho que su auto estaba en excelentes condiciones técnicas, pero que sus neumáticos ya necesitaban ser remplazados. No le gustaba nada conducir con la carretera mojada; sin embargo, la advertencia y su preocupación fueron muy pronto desplazadas por el pensamiento que le había quitado el sueño.

Miró el reloj de la pared. El aroma del café inundaba la habitación. Se sirvió un poco y pensó: «La vida es como una taza de café, todo depende de cómo la preparas, pero sobre todo, de cómo la tomas». Trató de recordar quién lo había dicho, pero siguió en su tarea, sin darle importancia al asunto.

Después de dejar el almuerzo listo sobre la meseta, regresó al pasillo y se asomó a los dormitorios para despedirse de su esposo y de los muchachos. Lo hizo de pasada, casi sin querer ser escuchada.

Afuera, la lluvia arreciaba. Corrió hasta alcanzar el coche; llevaba el paraguas en la mano, pero no llegó a abrirlo. Se sacudió el agua del pelo y la cara, y comenzó su viaje de todos los días sin imaginar la sorpresa que le tenía preparada el destino.

Debía recorrer las veinticinco millas que separaban su casa de la escuela, un trayecto que solía hacer en más o menos media hora. Sentía el intenso repiquetear del agua sobre el capó. «Lo peor será el puente elevado de la NASA» pensó. En tales condiciones, sabía que este tramo debido a su longitud y altura era un reto para cualquier chofer, aun para uno experimentado.

Bajó el puente y se incorporó a la Autopista Interestatal I-45, convertida ya en un torrente de automóviles. Con la oscuridad de la madrugada, el reflejo de las luces traseras de los coches en el suelo mojado, multiplicaba el sinfín de líneas rojas en un paisaje extraño, aterrador. Esa impresión tenía *Mrs.* González, mientras continuaba el trayecto por uno de los carriles centrales.

Apenas escuchaba la melodía que sonaba en la radio. Se trataba de una estación de música *country* que no era de su preferencia y que, seguramente, dedujo, la había dejado sintonizada su hijo menor en la tarde del día anterior cuando usó el auto para hacer una diligencia. En cualquier caso, en ese momento su atención estaba centrada en el evento de la escuela; tanto así que todavía no se había dado cuenta de que iba muy de prisa.

Correr siempre le proporcionaba una sensación agradable, de libertad, pero comprendía que aumentar la velocidad resultaba una insensatez, de manera especial entonces, cuando el nivel del agua sobre la vía ascendía cada vez más; y por si no fuera bastante, tenía presente el mal estado de sus viejos neumáticos. Tampoco quería desacelerar demasiado porque le preocupaba que, al hacerlo, algún coche se lanzara a adelantarla a gran velocidad en esa peligrosa maniobra acostumbrada por muchos conductores imprudentes, de pasar, prácticamente rozando al de al lado. La estremecía la idea de volver a experimentar la temida sensación. Y algo así fue lo que sucedió.

Acababa de rebasar la salida del Beltway 8, el anillo que rodea la ciudad, sitio de gran confluencia de tráfico y donde en temporada lluviosa llegan a acumularse hasta dos pulgadas de agua. Desde su derecha, vio aparecer, de repente, una camioneta blanca que cruzaba frente a ella con la intención de alcanzar el carril extremo izquierdo. El movimiento levantó una cortina de agua sobre el parabrisas de su vehículo, el cual vibró al recibir la violenta sacudida. La reacción inmediata de la maestra fue pisar el freno con todas sus fuerzas. Acto seguido, el coche patinó y comenzó a girar en círculos sobre el asfalto encharcado.

Durante esas interminables fracciones de segundos en las que daba vueltas sin poder detenerse, se percató, espantada, que la camioneta que la había sobrepasado seguía el mismo movimiento en una danza fatal e involuntaria. Milagrosamente ninguno de los dos impactó con los vehículos de los carriles vecinos; el carro de *Mrs.* González sólo golpeó su parte delantera contra la baranda que divide la autopista y la vía de acceso lateral. Tras este último giro, los dos coches quedaron enfrentados.

Las manos de la maestra continuaban aferradas al volante. Un fuerte temblor recorría todo su cuerpo, tenía la visión borrosa y se sentía confusa. Al cabo de unos segundos, oyó golpear el vidrio de la ventanilla.

—¿Está usted bien? —quiso saber alguien, formulando la tan recurrida, y un poco absurda, pregunta en este tipo de situaciones.

Todavía no había atinado a responder cuando sus aterrados ojos empezaban a distinguir, detenida a pocos pasos de ella, la camioneta causante del incidente. Una de las personas que se había acercado insistía en ofrecerle su auxilio.

—Señora, de todas las cosas malas que pudieron haber pasado, gracias a Dios, ninguna ocurrió. Esta usted a salvo —le aseguraba, alentador.

Varios vehículos se vieron obligados a detener la marcha. Con toda probabilidad, algún conductor ya se habría encargado de llamar al novecientos once. Otros se agrupaban en torno a la camioneta blanca en cuyo interior se encontraba una señora casi inmóvil; tenía la cabeza inclinada hacia delante y los brazos apoyados en su regazo. Al cabo de unos instantes, los de afuera pudieron comprobar que, con un esfuerzo notable, la mujer levantaba su temblorosa mano izquierda y lentamente trataba de ajustar sobre la punta de su nariz, los gruesos lentes de color verde fosforescente.

La lluvia comenzaba a amainar. Un viento fresco recorría el lugar, como testigo cómplice de aquel mal momento.

Tom y Pequeña

*«El amor por todas las criaturas vivientes, es el más noble
atributo del ser humano».*

Charles Darwin

Era un día especial para Tom. El viejo relojero cumplía años y a pesar de que pensaba abrir la tienda, no quería demorarse mucho en la tarea porque había decidido celebrar la fecha en casa, con su esposa.

Se movía por la trastienda, como de costumbre, con sus lentes de aumento colocados sobre la cabeza; solía estar detrás de los mostradores atareado en el banco de reparaciones o enfrascado en la revisión del listado de piezas o del inventario de relojes. Tenía modelos de todo tipo: deportivos, de aviación, clásicos y una gran variedad de los de péndulo que, en ciertas horas del día, llenaban de música el lugar, haciéndolo parecer el escenario de algún cuento infantil.

Tom vivía en una ciudad del sur de Texas. Llegó allí de niño con su padre de quien heredó el negocio al que ambos se habían dedicado. Las enseñanzas del viejo y el esfuerzo personal lo convirtieron en un experto del tema, y a su tienda, en la más renombrada de la zona.

Estaba casado con una inmigrante vietnamita, inseparable compañera y excelente cocinera. La vida de la pareja carecía de emociones fuertes; su rutina consistía en atender las necesidades de los clientes y en disfrutar de una estancia apacible en el hogar. No tenían hijos, pero si bien consideraban que tal impedimento no era una condición para ser felices, siempre lamentaron la suerte de poder experimentar la dura, aunque placentera tarea de educar y proteger. Nunca se plantearon la idea de adoptar un bebé; y de mascotas, ¡ni hablar! Tom no era muy tolerante con los animales. En una ocasión intentaron acoger a un gato, pero este duró en casa menos que un merengue en la puerta de una escuela, porque al poco tiempo de tenerlo, el viejo encontró un montón de pelos del felino enredado en la delicada maquinaria de uno de sus relojes de pared preferidos y, «¡hasta ahí podíamos llegar!», se dijo.

Para desplazarse del domicilio al negocio, la pareja recorría unas diez millas diarias, la mayor parte dentro de la ciudad y otro tramo aproximadamente de una milla, bordeando una zona santuario de la flora y fauna del lugar. A lo largo del trayecto se podían apreciar las señales de tránsito que avisaban del cruce de animales, aunque a menudo éstas no eran respetadas por los choferes.

Aquella mañana como casi todas, los rayos del sol despertaron a Pequeña que dormía a la sombra de una tupida arboleda. Pertenecía a una especie de venados muy abundante en todo el estado de Texas, llamada de cola blanca, por tener una mancha de este color en esa parte de su cuerpo. Pequeña era una hembra de cerca de dos años, tenía un hermoso tono marrón claro con algunos toques rojizos. Seis meses después de su nacimiento, la madre murió por una enfermedad que padecía el ganado de la región y que con frecuencia se trasmitía también entre animales salvajes. Desde entonces vivía junto a un grupo de hembras adultas que, en ocasiones, mostraban una actitud hostil hacia ella, para imponerle la jerarquía del grupo.

La existencia de la joven venada transcurría entre suculentas comidas de frutas y largas carreras con algún cervatillo del grupo, lo que debía de hacerle más llevaderas las largas jornadas dentro de aquel pequeño recinto del bosque. Sentía una especial curiosidad por esos sonidos lejanos que rompían la calma del rebaño y de sobra conocidos por los integrantes adultos, quienes sabían mantenerse a distancia de ese rugir del viento que atrajera a otros miembros de la manada a las inmediaciones de la vieja carretera, donde tantas veces se encontraban con la fatalidad; pero al parecer, Pequeña se negaba a atender las advertencias.

Se acercaba la hora de cerrar. Tom estaba entusiasmado, pensando en la cena que le esperaba en casa: el suculento *Bún Cha,* un plato tradicional de Vietnam, a base de caldo, fideos y carne de cerdo, que su esposa preparaba mejor que nadie. «Y luego al sillón… ¡qué bien!», se decía el relojero saboreando también por adelantado el habitual placer de contemplar los atardeceres desde el portal de su pequeña propiedad, rodeado por una cerca de madera donde él y su mujer solían sentarse incluso en esa ya muy fresca época del año, pues hacerlo les proporcionaba un gusto y una paz inmensos.

La jornada en la relojería transcurría entre el ir y venir de clientes satisfechos. Nada podía anunciarle a Tom que esa tarde habría un inesperado cambio de planes.

Cerca de las cinco, una clienta habitual apareció para recoger un reloj de cuco con follaje que había llevado para una reparación sencilla. Aunque Tom tenía casi terminado el trabajo, la entrega se había pactado para el día siguiente y estaba a punto de cerrar la tienda, de modo que sin entrar en detalles le dijo a la dama que debía esperar porque él tenía un compromiso. No obstante, su premura terminó por rendirse ante las suplicas de la señora y se dispuso a la tarea. Cuando por fin Tom pudo abandonar el local, el tañido de campanas anunciaba las seis de la tarde.

El viejo amaba la puntualidad. Tenía una obsesión por el respeto a su tiempo y al de los demás; era preciso como sus relojes. Había quedado con su esposa, en que llegaría a las cinco: «La prisa es mala consejera», pensó. Subió a la camioneta, encendió las luces, y comenzó el viaje.

Pequeña pastaba cerca del rebaño de hembras y cervatillos cuando escuchó, en la distancia, un ruido agudo que le resultaba difícil de reconocer. Era el largo sonido de la bocina de algún camión pesado, uno de esos que no circulaban con frecuencia por la zona. La joven venada corrió en esa dirección y sin querer, cruzó los límites de sus incursiones anteriores. Se acercó lo más que pudo a la carretera, y vio aparecer frente a ella un paisaje nada familiar. El instinto de conservación le indicaba mantener la cautela, pero la curiosidad fue más fuerte que la cordura. Levantó su cola blanca en señal de advertencia, flexionó las piernas, como si intentara alcanzar la Luna y esperó el momento adecuado para dar el gran salto.

La vieja camioneta de Tom dobló la esquina de la intersección y se incorporó a la vía bastante transitada a esa hora. Era una tarde oscura, lo que suponía un serio inconveniente para el anciano, pues además del desgaste natural de su visión, le molestaba de manera muy especial, el reflejo de los potentes focos delanteros de los autos que circulaban en sentido contrario al suyo, tanto como el de las luces rojas traseras de los que avanzaban delante de él.

Sin restar atención a la carretera, se puso a recordar el pequeño paquete meticulosamente envuelto por su esposa y que había descubierto un par de días antes gracias al descuido de la señora al intentar guardarlo. Estaba seguro de que era su regalo de cumpleaños y por unos minutos estuvo barajando pensamientos a ver si adivinaba la sorpresa. Con la mirada aún muy centrada en la vía, aceleró sólo un poco.

Como un rayo en medio de la tarde, Pequeña surcó el aire y sus cuartos traseros impactaron en la camioneta. Tom dio un salto en el asiento y apretó los frenos con todas sus fuerzas. El auto se detuvo bruscamente, seguido por una larga carambola de vehículos.

La cierva cayó sobre el asfalto frío, rodó hasta el carril contrario. Los conductores que se aproximaban trataban de esquivarla, Tom miró hacia atrás y se percató de que la fila de coches estaba parada; entonces, violando las recomendaciones a seguir en estos casos, salió como pudo de la cabina y corrió hacia donde yacía el animal. No parecía tener signos de vida, aunque su abultada barriga se levantaba con un penoso movimiento que indicaba una tenue respiración. El relojero sujetó una de las patas y arrastró el cuerpo, hasta sacarlo de la vía. Ya sin aliento y muy afligido por haberla lastimado de esa manera, se desplomó sobre Pequeña.

En los ojos de la cierva, todavía abiertos, se reflejaba el azul de las luces de la patrulla policial. Sólo se escuchaba el ruido de los motores y las voces de los policías tratando de restaurar el orden en la carretera.

La tarde comenzaba a caer sobre el horizonte de la ciudad. Habían transcurrido unos meses del penoso accidente. Tom y su esposa, sentados en los sillones del portal y agarrados de la mano, contemplaban el hermoso espectáculo. A pesar del buen momento, un tema mantenía preocupada a la anciana pareja.

El timbre del teléfono retumbó. Tom detuvo su sillón y contestó la llamada. Del otro lado de la línea, el veterinario de la comunidad le anunciaba el nacimiento de la cría de Pequeña.

Tom colgó el teléfono y, después de dar la esperada noticia a su esposa, retomó el balanceo y comentó en voz baja:

—Creo que es hora de vender el negocio y quedarnos tranquilos en casa.

¿Scotch o bourbon?

«Beber y conducir: hay cosas más estúpidas, pero la lista es corta».

Anónimo

Joel MacKenzie aseguraba que un buen texano sabía hacer bien dos cosas: prender un fuego para asar un pedazo de carne y diferenciar un scotch de un bourbon. Cuando alguien le preguntaba sobre el tema, levantaba sus brazos con las palmas de las manos hacia el frente pidiendo paciencia y decía:

—Si vas a asar carne, lo más importante es el fuego. Una buena madera seca y ningún combustible químico, sólo un pedazo de papel con grasa o aceite debajo de la leña y un poco de aire. Entonces el fuego hace su magia, convierte cualquier pedazo de carne en un instante inolvidable. Y para acompañar, siempre bourbon – explicaba MacKenzie.

Provenía de una pequeña población de Texas donde había pasado casi toda la niñez, luego sus padres se mudaron a esta otra ciudad del mismo estado en la que el todavía adolescente Joel se convirtió en un joven maduro y corpulento. Medía más de seis pies de altura, tenía manos muy grandes y una barba tupida; imponente presencia para aquel hombre de alma limpia y corazón bondadoso al que todos llamaban cariñosamente, el Gordo.

A diferencia de la mayoría de sus compañeros de instituto, él prefirió abandonar los estudios universitarios. Estuvo empleado durante varios años en una empresa dedicada a los bienes raíces que dirigía un pariente lejano. Vender casas se le había dado muy bien, quizás, sobre todo, gracias a la seguridad y confianza que transmitía a sus clientes.

Estaba satisfecho con su trayectoria en el competitivo negocio inmobiliario, no obstante, desde hacía poco tiempo había decidido trabajar de forma independiente en la reparación e instalación de puertas de garajes, un servicio, que según pudo comprobar, era muy solicitado entre los compradores de viviendas. La idea suponía una gran oportunidad para alguien poseedor de esa innata habilidad suya de reparar cualquier cosa; aun si se trataba de algo muy complicado, a él le bastaba con buscar la mínima información sobre el objeto en cuestión, para darle una rápida solución.

Con la ayuda de familiares y amigos había logrado reunir las herramientas y accesorios necesarios para poner en marcha el soñado propósito. Sus ahorros le permitieron financiar gran parte del proyecto; incluso contaba con lo suficiente para cubrir el pago de un vehículo adecuado, esa espaciosa camioneta *pick up*, de motor diésel que justo aquel día habría podido comprar, de no haber sido porque, debido a un imprevisto retraso en el suministro de automóviles, el concesionario no dispondría del vehículo hasta el siguiente viernes.

Aunque quedó bastante decepcionado, MacKenzie se alegró por la coincidencia. —El viernes será perfecto —se dijo, conforme, al reparar en que se trataba de su día preferido de la semana, el de la reunión con los viejos amigos, en el rancho de Red.

La llamaban «La noche del asado». De acuerdo con lo acordado desde el inicio del tradicional evento, cada participante se encargaba de llevar el corte de carne de su elección y de prepararlo, a su propio gusto, en el asador. Al menos así solían hacer al principio antes de que el Gordo fuera designado el cocinero por excelencia del grupo.

Además de disfrutar de sus asados, a todos les maravillaba contemplar la destreza con la que MacKenzie se desenvolvía frente al fuego, siempre al pie de la parrilla y de la cercana mesa auxiliar sobre la que mantenía su trago de bourbon, que consumía poco a poco, con un estilo muy personal; según él, era lo mejor de la velada.

En una ocasión alguien del grupo le rellenó el vaso con un whisky escocés. Él, ajeno a la broma, bebió un sorbo y después de paladearlo largamente, sentenció:

—No puedo negar que es un gran scotch, pero no lo cambio por mi bourbon.

La mañana de la tan esperada fecha, MacKenzie anduvo más ocupado que de costumbre. Empezaba a atardecer cuando por fin salió de la agencia de autos al volante de su flamante camioneta. Se sentía un niño con juguete nuevo. Estaba impaciente por llegar al rancho de Red y ver la cara que pondrían sus amigos; sin duda alguna, sabía que allí los encontraría, lo que no podía imaginar era la sorpresa que aquellos le tenían preparada.

Grande fue su asombro cuando llegó al lugar y en vez de la algarabía y la concurrencia habitual de las noches de viernes, halló vacío y silencio absoluto. Se bajó del coche y antes de que pudiera preguntarse qué ocurría, vio aparecer a Red y compañía dispuestos a derramar una botella entera de champan sobre su overol.

Entre palabras malsonantes y carcajadas, celebraron el acontecimiento del día. Pronto se sumaron los asistentes que faltaban y después de que todos dedicaron un buen rato a admirar y a probar la nueva adquisición del Gordo, pasaron al disfrute del asado y los licores acomodados alrededor de la zona de trabajo del cocinero mayor, en la que entonces alguien había depositado una botella de Maker's Make.

La duración de la velada y el consumo de alcohol estaban superando los límites acostumbrados. MacKenzie no era la excepción, aunque todavía era capaz de darse cuenta de que trasnochar en la víspera de una jornada laboral, resultaba el menor de los inconvenientes para quien como él, tuviera que irse de allí conduciendo.

Entró al baño confiado en que, si se lavaba la cara con agua fría, lograría sentirse menos mareado. No le gustó nada la imagen del espejo: tenía los ojos irritados, se veía desaliñado, irreconocible. Consideró la posibilidad de pedirle un aventón a alguno de sus amigos, pero ninguno de ellos parecía estar en mejores condiciones. Tampoco optó por la idea de permanecer en el rancho hasta notarse más despejado. Procuró recomponer un poco su aspecto y, tras despedirse de todos, decidió subir a la recién estrenada camioneta y emprender el camino a casa, rodando entre las luces rojas de la autopista, en plena madrugada.

Aquella mañana gris, un grupo de jóvenes cruzaba la entrada del hospital, donde Joel MacKenzie continuaba ingresado. Hacía ya una semana del accidente, pero el pronóstico de su estado seguía siendo reservado. Había sufrido múltiples facturas y otras lesiones graves.

Preocupados por la suerte del Gordo, cada tarde, varios de sus amigos acudían al centro médico con la esperanza de recibir mejores nuevas sobre su evolución. Se mantenía estable, pero todavía no había recuperado la consciencia. Aquel día, en cambio, antes de llegar a la puerta de la habitación, una enfermera que los reconoció de tanto verlos por allí, les dio la gran noticia:

—¡Despertó! —les anunció— Es un hombre muy fuerte y, sobre todo, ha tenido mucha suerte —concluyó, convencida y sonriente.

Al abrir la puerta, distinguieron a su querido amigo debajo de aquel vendaje que le cubría la cabeza y uno de los ojos.

—¿Qué, nos tomamos un trago? —preguntó el bromista del grupo.

Joel MacKenzie levanto su única ceja visible y balbuceó:

—Sí, pero que sea bourbon.

Un instante sin retorno

«El mejor luchador nunca está enojado».

Lao Tze.

Charlie enganchó la primera marcha de su Mustang y aceleró a fondo. Un humo blanco se desprendió de los neumáticos que chirriaron y dejaron marcado un trazo sobre el piso del estacionamiento.

Acababa de lanzar su delantal a la cara del dueño del restaurante donde trabajaba. Dejó el lugar haciendo gestos obscenos y escupiendo improperios ante la atónita mirada de los presentes.

Se incorporó a la autopista a tal velocidad, que obligó a varios coches a aminorar bruscamente para poder esquivarlo. Sólo uno de ellos, un Mercedes negro con cristales oscuros que se había unido al tramo casi al mismo tiempo que el deportivo de Charlie, hizo que este se viera en la necesidad de realizar una maniobra que a punto estuvo de sacarlo de la vía.

Como si no fuese ya bastante con el enfado que llevaba, aquella afrenta lo cegó de rabia. Presionó el claxon e inició la enloquecida persecución del Mercedes.

El elegante vehículo negro se alejaba a toda velocidad sin prestar atención a la protesta del encolerizado conductor, quien, por el contrario, se mostraba cada vez más agresivo en su propósito de darle alcance. Y no tardó en conseguirlo.

Cuando llegó a la posición buscada, Charlie sacó el arma que llevaba en el portaguantes, abrió la ventanilla y, aunque no lograba ver la cara de su oponente a través de los oscuros cristales, disparó tres veces sobre las ruedas del Mercedes. No atinó, pero uno de los proyectiles sí impactó en la carrocería del coche, que entonces frenó y quedó detenido de manera transversal frente al Mustang que también se había parado en seco, mientras los automóviles más próximos se alejaban deprisa de los implicados en el conflicto y los demás proseguían su marcha, ajenos al acontecimiento.

Durante largos segundos ambos coches se mantuvieron inmóviles. Al igual que sus contrincantes, Charlie también permaneció en el interior desde donde entonces pudo ver cómo descendía el cristal del acompañante del conductor del Mercedes, quien sacó un teléfono celular, tomó una foto al deportivo y cerró la ventanilla con ademán sereno y actitud impasible; en tanto el auto, con un lento movimiento, se reincorporaba al sentido del carril hasta desaparecer entre las luces de todos los faros, que, a esas alturas de la noche, enrojecían la ancha avenida.

Charlie fue incapaz de reaccionar; no discurría ni podía controlar el temblor de su cuerpo. Por suerte, enseguida logró encender el motor y abandonar la autopista en la siguiente salida. Al llegar a casa, lo primero que se le ocurrió fue llamar a Lucía.

—¡Dios, Charlie!, ¿qué pasó? —respondió ella, sobresaltada, con voz soñolienta.

—Tengo un problema.

Aquel chico, de aspecto similar al de cualquier joven contemporáneo, había nacido el primer día de agosto, veinte años atrás; era el mayor de los tres hijos de un matrimonio que había mantenido una complicada relación, nunca carente de amor y respeto, pero tampoco de dificultades. La madre de Charlie trabajaba de cajera en un banco. El padre, un veterano del ejército, se había retirado cuando los niños eran muy pequeños; ahora formaba parte del cuerpo de policía de la ciudad.

Nadie se explicaba el porqué del carácter colérico de aquel muchacho. Su niñez y adolescencia habían estado llenas de episodios violentos. En dos ocasiones lo expulsaron del equipo de futbol escolar por pelear con sus compañeros; a pesar de ser el más veloz, el que parecía tener un «pacto» con el balón, ni el coach ni la dirección del centro de estudios, estuvieron dispuestos a tolerar su irascibilidad.

Él no dejó de ser como era, sin embargo, después del nacimiento de su hermano, la familia se centró en los problemas del pequeño, que padecía un trastorno autista y acaparaba la atención de todos. El verdadero cambio ocurrió muchos años más tarde, cuando Lucía apareció en la vida de Charlie.

Llegó con su familia proveniente de una ciudad cercana. Ocupó una casa del vecindario y, de inmediato, también se instaló en el corazón del muchacho. Por entonces, él era un joven bien parecido, gozaba de cierta popularidad, pero no tenía demasiado éxito con las chicas.

Algunos de sus conocidos bromeaban con él a propósito de Lucía, quien, por su delgadez, distinción al vestir y delicadas maneras, hacía recordar la imagen de una conocida actriz de la década de los cincuenta. El propio Charlie admitía que ella no era el tipo de muchacha por la que muchos se sentirían atraídos, aun así, cuando trataba de explicar a los demás por qué se había fijado en ella, él siempre decía:

—Yo no sé qué es, pero algo tiene.

Según la opinión de los amigos y familiares de Charlie, el noviazgo de ya más de un año había transformado para bien el carácter del joven que, no obstante, seguía haciéndose acreedor de su fama de «inflamable», de tener «la mecha corta».

La noche del incidente, tras recibir la llamada que le arrebató el sueño, Lucía corrió a casa de su novio. Él la esperaba en el porche de la casa. Se abrazaron y con más preocupación que enojo, Charlie explicó los pormenores de lo ocurrido esa madrugada.

—¡No!, no tenías razón —lo rebatió ella, tajante.

Como de costumbre, él volvió a empeñarse en tratar de justificar con mil pretextos sus reacciones violentas, algo que su novia siempre se negaba a aceptar. Aunque lo narrado le causó gran disgusto, tanto o más le molestó enterarse de la discusión con el jefe del restaurante que había sido el detonante del reciente episodio, pero que también era un motivo recurrente de problemas, en este último empleo y en todos los anteriores.

El dueño del actual lugar de trabajo de Charlie era un amigo de su padre, de los tiempos del ejército. Fue este quien, aun cuando sabía bien de la pata que cojeaba su hijo, se atrevió a pedirle al viejo camarada, por favor, que le diera una oportunidad a su muchacho porque en realidad la necesitaba, no sólo por el salario, sino además para mantenerse ocupado. Aquel accedió a ponerlo a prueba y afortunadamente, las cosas no fueron mal. Aun a pesar de los frecuentes desencuentros entre jefe y empleado, al cabo de pocos meses, ya se había forjado entre ambos una bonita relación, en parte, por la actitud paternal del mayor y, en importante medida, gracias al aprecio que el buen hombre sentía por Lucía.

No había un alma en la calle. Charlie y su novia permanecían sentados sobre el quicio del porche. Un largo silencio se interpuso entre ellos. En sus mentes se agolpaban los miedos, las preguntas: «¿Acaso alguien había reportado el incidente? ¿Quiénes eran los ocupantes del Mercedes negro? ¿Qué pretendían hacer con la fotografía? ...». Así pasaron varios minutos más hasta que comprendieron que nada podrían hacer aparte de procurar continuar con sus vidas. Ella se despidió con un beso y con una de esas dulces sonrisas suyas que para él fue el mejor de los consuelos.

Al día siguiente, el muchacho, acompañado de Lucía, acudió a ver a su jefe. Iba dispuesto a ofrecerle mil disculpas, a hacer lo que fuera con tal de que lo perdonara y lo readmitiera. La pareja se temía lo peor, sin embargo, el otro, después de dedicar una merecida reprimenda al iracundo empleado, acabó por aceptar sus disculpas y su regreso.

—Confío en que esto no se repita —le advirtió el superior y, al tiempo que hacía un guiño a Lucía, agregó: —Chico, no sabes la suerte que tienes, esta muchacha es tu amuleto.

El fin de semana transcurrió sin novedades. Esa nueva jornada, ya a punto de terminar, también había sido tranquila. Charlie se encargaba de organizar las mesas y de dejar todo listo para el próximo día. Preparó un sándwich de pavo, el preferido de Lucía, lo envolvió en una bolsa de plástico, y lo colocó en un banco, junto a su taquillero.

Dijo adiós a sus compañeros de labor y se fue por la salida del servicio. Había estacionado en esa zona trasera porque después de lo ocurrido, no quería dejar el Mustang muy a la vista. Sintió en la cara la caricia del viento fresco que suavizaba el rigor de la noche apenas iluminada por una luna tenue, encubridora. Bajó la pequeña escalera exterior y se encaminó hacia el callejón del fondo.

Muy cerca, medio oculto tras el muro que dividía el edificio del restaurante del inmueble vecino, estaba detenido un Mercedes negro de cristales tintados, con dos ocupantes. En ese momento, uno de ellos, el del lado del copiloto, se apeó y avanzó deprisa en dirección a Charlie. Era un individuo alto, de rasgos caucásicos, vestido con traje oscuro. Para entonces el muchacho todavía no lo había visto; ni siquiera se había percatado de la presencia del coche.

Justo en el instante en que creyó notar la cercanía de una persona, escuchó que la puerta del restaurante se abría. Se giró, y vio tras de sí a su jefe que bajaba los escalones a la carrera mientras lo llamaba a viva voz:

—¡Charlie! ¡Charlie! —le gritaba, a la vez que agitaba la bolsa de plástico que sujetaba en una de sus manos.

Detrás del muchacho, el hombre del traje oscuro levantaba su arma.

La detonación alertó al dueño del restaurante. Dejó caer la bolsa y sacó la pistola Beretta que portaba en la cintura desde sus años de soldado. Entre tanto Charlie, que se había librado del disparo, trataba de ponerse a salvo. El agresor volvió a disparar, pero esta vez contra el veterano. Unos segundos después, el hombre del traje y el Mercedes negro habían desaparecido del callejón.

Todo pasó muy rápido. Cuando Charlie levantó la vista, pudo ver tendido en el suelo, el cuerpo inerte del amigo de su padre. Desesperado, pidió ayuda, intentó socorrerlo. A su alrededor, algunas personas, luces y un gran silencio. En su conciencia el mismo pensamiento: todo fue un instante sin retorno.

Una luz intermitente a lo lejos

«La mano que mece la cuna gobierna el mundo».

William Ross Wallace

Era una de esas mañanas de domingo en la que no sabes si seguir durmiendo o saltar de la cama para disfrutar del canto de los pájaros, del olor de la primavera y de un buen café.

Marcos, golpeó con cuidado la puerta del cuarto de su hija y le preguntó:

—¿Amor, vas a desayunar con nosotros?

—Sí papá, ya voy —respondió ella, dejando escapar un quejido, al tiempo que se desperezaba.

—Buenos días —dijo Laura a sus padres, a los que encontró en la cocina, sentados a la pequeña mesa, donde la esperaba un sabroso desayuno, preparado por amorosas manos.

Ellos le devolvieron el saludo y continuaron conversando sobre algunos temas.

La joven apartó la taza de café y comentó:

—Papá, mi amiga Aurora ya está en la autoescuela; su padre le prometió que, si pasaba el curso sin contratiempos, le compraría un coche.

—Mira qué buena noticia —comentó.

—Claro que es una buena noticia —replicó Laura, pero sería mejor si tú me permitieras hacer lo mismo. Yo cumplí los dieciséis primero que Aurora y todavía estoy esperando a que me enseñes a conducir.

Marcos terminó de masticar su bocado y mirándola fijamente a los ojos, le respondió:

—Laurita, hija, ese tema lo hemos hablado en más de una ocasión; mi respuesta sigue siendo la misma, por ahora debes esperar. Existen otras opciones que te van a evitar muchos problemas: puedes tomar el autobús de la escuela, o tu madre te puede llevar al colegio. Tenemos mucho tiempo, además eres muy joven todavía.

La discusión sobre el asunto fue subiendo de tono y los padres de Laurita trataron de hacerle entender que no estaba lista todavía, que todo llegaría en su debido momento.

Terminó pidiendo permiso a sus padres y, con cara de pocos amigos, abandonó la mesa.

La pareja quedó hablando sobre el tema.

—Cariño—objetó la madre—, sé lo difícil que es para ti tomar esta decisión, y es cierto que prometí apoyarte cuando llegará el momento, pero tienes que entender que tarde o temprano Laurita tendrá que valerse por ella misma. Los amigos comienzan a tener autos, no quieren llegar a la escuela en el autobús. Se acercan a la mayoría de edad y de alguna forma se lo hacen saber a padres y amigos. Conducir sus coches les anuncia, que ese momento de independencia ha llegado. Estoy por pensar que esto funciona como el ritual de algunas tribus de la antigüedad, cuando llevaban a los jóvenes al bosque y eran abandonados durante toda una noche viéndose obligados a regresar solos al otro día. En estos tiempos, la adultez es reconocida entre ellos mismos, cuando le muestran al grupo que ya tienen su coche y que pueden «regresar solos del bosque».

No muy convencido, Marcos terminó de desayunar y sosteniendo la mano a su esposa, aseveró:

—Te prometo que lo pensaré.

Marcos había leído algunos escritos elementales acerca del trato con adolescentes y sabía la importancia que tenía la confianza en esos casos, pero no estaba convencido de que Laura estuviese lista para tomar sus propias decisiones.

Alguna vez alguien había depositado la confianza en él, pero la inexperiencia, la inmadurez y la falta de responsabilidad, lo hicieron tomar una mala salida. Este incidente de la juventud que lo había marcado profundamente y del que nadie tenía información, era la causa principal de su negativa. Tomó la decisión de hacer algo al respecto y salió en busca de su hija. Recordó una frase que decía su padre: «contar a un adolescente los hechos de la vida, es como dar un baño a un pez». Pero ella debía saber el secreto.

La encontró bajo la sombra de un árbol del patio familiar, recostada en una tumbona, concentrada en la lectura de un libro. Se detuvo a mirarla, a pensar en lo rápido que habían pasado esos años, en cómo el tiempo le había arrebatado a la niña que ahora necesitaba su ayuda y, sobre todo, su comprensión. Aspiró el aire limpio de aquella hermosa mañana. Estaba sereno, pensativo: «creo que es hora de dejar a un lado la paranoia, el egoísmo y de resolver este asunto, de una vez por todas»

Acercó una silla al lugar donde descansaba su hija y con voz pausada le dijo:

—Hija, te voy a contar una historia que posiblemente te ayude a entender mi postura respecto al tema del que hablábamos hace un rato.

Cuando vivía en la Florida y tenía más o menos tu edad, visitaba la casa de una familia con la que mantenía una excelente relación porque uno de los muchachos era mi compañero de estudio desde la secundaria. Alberto era un buen tipo, pero de personalidad un poco alocada; a pesar de su forma de ser, compartíamos buenos momentos. Entonces ya habíamos pasado el examen para el carnet de conducir, pero no teníamos coche propio y alguna que otra vez podíamos manejar el de su padre, mejor dicho, yo podía, porque el viejo de Alberto nunca le confió el auto, pues conocía la actitud aventurera de su hijo y siempre que íbamos a algún lugar yo era el responsable de cuidar que no tuviéramos ningún problema.

En las vacaciones de aquel año, mis padres y los de Alberto habían reservado habitaciones en un hotel de la playa. Durante la estancia en ese lugar, una mañana, Alberto y yo conocimos a dos chicas con las que pasamos un buen rato, disfrutando del mar y de las distracciones del lugar.

Como todo había salido de maravilla, en la noche, nos pusimos de acuerdo para ir juntos a una discoteca que estaba al otro extremo de la zona hotelera. Alberto le pidió el auto a su padre, aclarándole que yo sería el chofer. Pasamos una noche fantástica, con baile, magnífica comida y buena bebida. En cuanto a los tragos yo tenía un truco: mantenía el primero de la noche en mi mano y le agregaba hielo y refresco para no pasarme.

La música se detuvo un momento. Alberto me llamó a un lado y me pidió, por favor, que lo dejara conducir a la salida de la disco; quería de alguna manera demostrar sus habilidades a la recién conocida. Al principio me negué rotundamente, recordaba la promesa hecha, pero al final y después de discutir el tema llegamos a un arreglo con la condición de que dejara de tomar.

Laurita, quien escuchaba con mucha atención a su padre, respondió con un gesto de afirmación. Sin imaginar todavía el final de la historia.

Ya pasada la medianoche, salimos del club nocturno rumbo a una zona de la playa donde se podía bailar y escuchar música al aire libre. Alberto conocía perfectamente el lugar, no era la primera vez que hacía ese viaje, sabía que la carretera que nos llevaba en esa dirección estaba construida con una secuencia de desniveles, por lo que, algunas personas la llamaban: «la montaña rusa». El reto para los conductores era moverse entre esos desniveles a la mayor velocidad posible. Para mí esto era desconocido y de alguna manera había caído en su trampa.

Las noches de verano en la Florida siempre eran hermosas. Normalmente, a esas horas corría una brisa marina que te hacía sentir muy bien. La chica que acompañaba a Alberto había bajado su ventanilla y todos disfrutábamos del aire. Después de recorrer un tramo nos acercamos a la montaña rusa. Alberto aceleró bruscamente. Yo me asusté por la acción inesperada de mi amigo y por la secuencia de los desniveles que hacían que el coche volara y callera en picada en repetidas ocasiones. Los gritos de las chicas, aunque venían acompañados de alguna risa nerviosa, mostraban miedo por la sorpresa. Alberto mantenía el timón firme, pero a pesar de mis advertencias, no disminuía la velocidad.

De pronto sentí cómo la vía recuperaba su posición horizontal y al mismo tiempo oí el sonido de las llantas cuando mi amigo apretó los frenos con todas sus fuerzas. El tramo terminaba en una curva cerrada que nos sacó del camino hacia unos arbustos. Todo ocurrió en pocos segundos, como en cámara lenta. El coche se impactó contra uno de los árboles, justamente por el lugar del acompañante del chofer donde venía sentada la joven guapa y delgada que acompañaba a Alberto y que apenas tendría unos dieciséis años.

A pesar de la gravedad del incidente ni Alberto ni la muchacha que iba a mi lado ni yo recibimos muchos golpes; quien se llevó la peor parte fue la chica de mi amigo que no despertó hasta unos días después y quien por algunos años, sufrió las secuelas de los traumas recibidos.

Recuerdo muchos momentos de aquella noche: la expresión de angustia de nuestros padres, el movimiento rápido del personal médico haciendo su labor por curar nuestras lesiones... pero hay algo que nunca he podido olvidar: la mirada fija del padre de Alberto, quien, a pesar de tocarme la cabeza con ternura paternal, me hizo sentir culpable por haber traicionado su confianza y por haber sido,

~ 53 ~

de forma indirecta, el autor del desastre de aquella noche. Incluso después de tantos años no he podido perdonarme por haber tomado tan mala decisión.

Marcos tenía la sensación de haber viajado en el tiempo, de encontrarse en aquella hermosa playa. Su mirada se cruzó con la de Laura.

—Lo siento papá —dijo, mientras lo abrazaba protectora, comprensiva.

Al cabo de varias semanas Laura había pasado el curso de la autoescuela. Además de haber aprobado el examen oficial, había superado los «exámenes» de las lecciones particulares impartidas por su padre, condición indispensable para que él la dejara sentarse al timón. Marcos le consiguió un auto a buen precio, quizás no era muy moderno, pero ella se mostró conforme y agradecida por el regalo.

El día señalado había llegado y la muchacha se preparaba para ir conduciendo a la escuela. Ese camino lo habían ensayado en varias ocasiones, pero nunca lo había recorrido ella sola. Aunque amanecía, todavía la oscuridad cubría la ciudad. La pareja despidió a Laurita en el porche de la casa. Ella subió al auto, sonriente y segura de sí misma, como nunca la habían visto. El padre quedó parado en la calle, mientras el coche se alejaba, y una vez que este estuvo en la esquina, los faros traseros de *stop* brillaron en la noche y una luz intermitente a lo lejos, indicó el desvío en el camino.

Para sorpresa de Marcos, Laurita había puesto el intermitente de la izquierda y había doblado en esa dirección, cuando el trayecto más corto hacia la escuela, el que habían practicado desde el primer día, era hacia la derecha. Marcos miró a su esposa con cara de sorpresa y esta le dijo:

—No te preocupes por nada, ella sabe lo que está haciendo.

El auto se perdió en la distancia dejando a la pareja colgada de viejos recuerdos y de nuevas preocupaciones.

El ciclista

«La vida es como andar en bicicleta: no te caes,
a menos que dejes de pedalear».

Claude Pepper

Una tarde caliente de julio, Juanelo montaba su bicicleta. Llevaba puesta su gorra de los Rockets de Houston, como siempre, con la visera hacia un lado. Con el último encargo de la noche en la mochila zigzagueaba entre los carros estacionados en el centro comercial. Sus pensamientos volaban, quién sabe a qué remotos o cercanos lugares, mientras, a lo lejos, se escuchaba el estallido de los fuegos artificiales.

Juanelo era mexicano, originario de un pequeño pueblo del Estado de Tlaxcala, lugar rodeado de volcanes y de hermosos valles. El joven, de mediana estatura, piel mestiza, ojos negros y cabello oscuro, había nacido y crecido en un ambiente muy humilde.

Después de la prematura muerte de su padre la situación económica de la familia empeoró; así fue que el joven tuvo que compaginar los estudios primarios con ese empleo ofrecido por un tío que tenía un negocio de manufactura, una pequeña empresa de confección textil, donde se fabricaban vestidos tradicionales de la región, así como otros productos relacionados que se comercializaban en el lugar.

Para que pudiera transportar la materia prima y los artículos ya terminados que debían distribuirse entre el grupo de clientes de la zona, el tío había adquirido una pequeña bicicleta con carretón, en la que cada tarde el muchacho recorría largas distancias, sin descanso, aunque disfrutando del aire puro y de la hermosa naturaleza del lugar. No ganaba mucho, pero contribuía al sostén familiar.

Cuando terminó la enseñanza secundaria, dejó la escuela y el trabajo con su tío e, influido por algún rumor que llegó a sus oídos, una mañana partió a buscar fortuna un poco más al norte de allí. Después de un sin número de contratiempos consiguió cruzar ilegalmente la frontera de los Estados Unidos y llegar a la ciudad de Houston. La próspera ciudad brindaba la posibilidad de encontrar un buen empleo, pero Juanelo sabía que para alcanzar estos puestos necesitaba tener los documentos pertinentes y, sobre todo, una adecuada preparación técnica o profesional; de modo que le tocaría hacer lo que tantos otros en su situación.

Al principio, acudía a un parque de la zona, donde se reunía un grupo de indocumentados, a la espera de la oportunidad que le brindara algún empleador. Cualquier cosa que apareciera era buena, al menos le permitiría comprar la comida de la semana y rentar el tráiler que compartía con dos de sus coterráneos.

Pasado un tiempo pudo reunir el dinero suficiente para comprar la bicicleta que encontró en una venta de garaje de un barrio de clase media. Con ella se le hacía más fácil cubrir la distancia entre su tráiler y el lugar de reunión diaria, además, le proporcionaba el placer de pedalear por las calles de la ciudad. Por esos días llegó al parque un señor en busca de alguien con las condiciones apropiadas para integrar un grupo de repartidores de comida de una conocida cadena de restaurantes. Juanelo y su bicicleta fueron aceptados y, en poco tiempo, el muchacho se convirtió en uno de los más eficientes empleados de dicha empresa.

La habilidad con la bicicleta, adquirida desde muy pequeño, y su disposición para el trabajo, le permitieron conocer a muchos clientes y ganar un gran prestigio entre los repartidores de la ciudad. Con sus diecinueve años y un montón de sueños a cuesta, no había obstáculo que se interpusiera en su camino; a él no le importaba si los días eran fríos, lluviosos, muy calientes o de demasiado tráfico. En los peores momentos o si le fallaban las fuerzas, recordaba una frase que le repetía su tío: «cuando el día se vuelva oscuro, cuando el trabajo parezca monótono o cuando te resulte difícil conservar la esperanza, sube a una bicicleta y date un paseo por la carretera, sin pensar en nada más».

Juanelo tenía una meta, todos los del grupo la conocían, porque él no se cansaba de repetirla: —algún día voy a poder reunir suficiente dinero, para construirle una casa a mi madre y a mis hermanos, ya verán que sí —decía, convencido, a quien quisiera escucharlo.

Era aquella la noche de un cuatro de julio. A pesar del calor, corría un aire fresco en toda la ciudad. Una vez más sonaba el teléfono del restaurante por un pedido de último momento. Juanelo ya casi se retiraba, pero al escuchar la orden no lo pensó dos veces, porque se trataba de una zona de clientes adinerados y allí, casi siempre, se recogían buenas propinas.

Puso en la mochila el encargo y, con la gorra de los Rockets de Houston, puesta a su usanza, cruzó la salida del restaurante haciendo movimientos de zigzag entre los carros del estacionamiento. Aunque nadie lo esperaba en casa, quería terminar la jornada temprano para poder disfrutar del final de esa noche especial.

Dobló por la lateral del restaurante y después de incorporarse a la calle Luisiana, se unió al desfile de luces rojas que recorren el tramo y que forman parte del colorido paisaje de anuncios y carteles lumínicos de la vía. El agradable clima de la ciudad lo trasladó a las noches en su pueblo natal. «Porque, salvando las distancias —meditaba el joven— una noche puede ser una buena noche en cualquier parte del mundo, sobre todo, si tienes pensamientos positivos y tienes la cabeza llena de proyectos».

El remoto poblado de su infancia era el único referente en la vida de Juanelo. Se le hacía fácil imaginar el día del regreso, aun así, le parecía tan real como lejano; todavía le quedaban dificultades que afrontar, pero las cosas habían mejorado mucho desde su llegada.

Ahí estaba el muchacho, pedaleaba sin pausa, dejando que el viento le abofeteara dulcemente la cara hasta que el sonido de los fuegos artificiales lo apartó de sus ensoñaciones. Casi llegaba al final del trayecto, en la siguiente esquina giraría a la derecha; la luz amarilla del semáforo le indicó que debía aguantar un poco, pero miró el tráfico que se acercaba por su izquierda con el rabo del ojo y, aunque vio a la camioneta aproximarse, no pensó que se trataría de un conductor que venía entretenido y a excesiva velocidad.

Juanelo estaba consiente cuando llegó al hospital, pero el golpe había sido mortal y, a pesar de los esfuerzos médicos, a las pocas horas de haber entrado en el servicio de emergencias, lo declararon muerto.

La conductora que lo atropelló abandonó la escena del accidente.

Al cabo de varios días la prensa publicó la noticia de la detención de la culpable y la comunidad latina de la ciudad, de cierta forma, sintió un alivio a su pena. Todos se sentían muy afligidos por la pérdida de tan apreciado muchacho cuyo sacrificio no fue todo en vano porque con lo reunido hasta entonces, la familia logró construir aquella casa soñada por Juanelo.

Otra tarde caía sobre la inmensa urbe de grandes edificios, de calles con tráfico imponente, con su gente diversa, testigos de proyectos realizados y por realizar. No importa de dónde vengas ni a dónde quieras ir, en algún lugar, en un pequeño pueblito de Latinoamérica, un chico montado en su bici, decidido, enderezará la visera de su gorra de los Rockets, con la esperanza de que un día no será necesario pedalear hasta tan lejos para poder cumplir sus sueños.

Reencuentro

«Ciego a las culpas, el destino puede ser despiadado con las mínimas distracciones».

Jorge Luis Borges

El aire estaba cargado de humedad y las luces de la tarde no resultaban suficientes para iluminar el lugar. En el banco de madera del parque, un hombre de mediana edad, con las piernas cruzadas y vestido con una camisa de franela a cuadros, meditaba sin atender lo que pasaba a su alrededor.

Como salido de entre bambalinas apareció un señor con bufanda azul. Sin pronunciar palabra ocupó el espacio en el asiento junto al primero. El recién llegado miró en la misma dirección que el otro y con voz tranquila preguntó:

—¿Eres tú?

—Sí, soy yo —respondió el hombre con camisa de franela.

—Qué tranquilo parece todo —dijo, esbozando una ligera sonrisa.

—¿De qué te ríes?

—Hace unos años, mi esposa me regaló una camisa igual que esa. Eso fue cuando las cosas estaban bien.

—¿Qué pasa, ya las cosas no están bien?

—Bueno, los primeros años todo fue de maravilla. Nació nuestro hijo, ella se dedicó en cuerpo y alma a su crianza; yo tenía un empleo como especialista de *Software* y, a pesar de mis ocupaciones, el tiempo me alcanzaba para atender a mi familia; nunca tuvimos ningún problema, esa es la verdad.

—¿Entonces? ¿Apareció otra mujer? —interrogó el hombre de la camisa a cuadros.

—No, algo peor, comencé a aficionarme al juego. No podía parar. De muchacho me enganché a los videos y cada vez jugaba mejor, todos trataban de ganarme, pero era imposible; llegó el momento en que yo vencía a las máquinas. Todo parecía tan fácil que comencé a apostar.

Después vinieron los casinos y la vida nocturna. Y ya sabes qué pasa, te alejas de la familia, nadie te cree y empiezas a deber dinero.

—Me imagino —replicó. Y como es de pensar en estos casos, ella no soportó lo que estaba pasando ¿Pero, por qué no buscaste ayuda...? —quiso saber.

El hombre de la bufanda azul levantó la cabeza, miró hacia los arbustos que estaban cerca del banco, y comentó:

—Perdona. ¿Viste cómo se movieron aquellos setos?

—No, no vi ni escuché nada.

—Discúlpame, creo que fue mi imaginación, estoy un poco nervioso —dijo y prosiguió—. Por supuesto que buscamos ayuda, y funcionó por un tiempo, pero resultaba algo terrible, era casi imposible parar, las recaídas son peores, te involucras mucho más... Aunque parezca un poco petulante, siempre me ha resultado fácil la tecnología, apostaba desde mi teléfono y así todo se fue convirtiendo en una obsesión ¡Qué manera de estropearlo todo! —Se lamentó, arrepentido, elevando la voz, al tiempo que se inclinaba hacia delante, con los codos apoyados en las rodillas

El hombre palmeó la espalda de su interlocutor y dijo:

—Conozco perfectamente esa situación. Además de trabajar en una prisión, donde es frecuente conocer a ludópatas, yo tenía un amigo que sufrió mucho con el mismo problema. Él me decía: «lo excitante del juego, no es ganar dinero, sino, el momento en que estas apostando». Cuando llegas a ese punto, es difícil la recuperación.

El de la bufanda enderezó su cuerpo, asintió con la cabeza, miró fijamente a su acompañante y le preguntó:

—¿Tienes familia?

—Sí, esposa y tres hijos. No ha sido fácil tirar del carretón, sobre todo al principio. Después de que naciera nuestro primer hijo, me incorporé a la guardia costera... Esos fueron años muy difíciles.

—Estoy seguro, yo nunca hubiera podido soportar la vida militar.

—Después nació el otro varón y, por último, la pequeña, que se convirtió en el centro de atención de todos, por esa gracia especial que tienen las niñas. Tenía una relación muy estrecha conmigo y, a pesar de estar muy apegada a su madre, yo siempre fui su mayor confidente. La familia lo ha pasado mal, pero para ella ha sido peor.

—¿Me pudieras tú explicar, por favor? ¿qué fue lo que pasó en realidad? —indagó el hombre de la bufanda azul.

—¿Tú no recuerdas nada?

—Te confieso que para mí todo fue muy rápido. Ese día había mucho tráfico en la autopista. Decidí mantener el auto a la derecha, estaba consultando el teléfono con frecuencia, porque esperaba el resultado de una de mis apuestas. Todo se puso muy oscuro, frente a mí se extendía una larga fila de coches...

—Perdona que te interrumpa. ¡Ahora sí vi algo moverse en los arbustos, como habías dicho!

El hombre de la bufanda azul levantó los hombros con indiferencia, miró a su acompañante y dijo:

—¡Qué bien!, menos mal que a veces tengo razón en algo, ya me he acostumbrado a que las personas no confíen mucho en mí. Como te decía, tenía una larga fila de coches delante y se me hizo muy lenta la marcha, por lo que decidí cambiarme para el carril central donde pude recuperar un poco de velocidad. En ese instante sonó mi teléfono y bajé la cabeza un segundo para consultar la información en la pantalla. No recuerdo nada más.

—Pues yo te seguía en mi camioneta, pero no pude reaccionar. Esa noche me dirigía a casa después de terminar el turno en la prisión; me detuve un momento para comprar pan y una botella de vino porque mi esposa había invitado a cenar a unos amigos. Hacía ya un tiempo que no dormía bien, aquel día había sido duro. Parece que la falta de sueño y la música del coche fueron los detonantes del fatal pestañazo. Lo último que alcancé a ver frente a mí fue el reflejo de las luces rojas de tu coche.

Los dos caballeros cruzaron miradas durante un prolongado silencio interrumpido por la aparición de un perro amarillo que entonces salió de entre los arbustos y, de un salto, subió al banco y se echó a todo lo largo de este.

El hombre con bufanda azul levantó los brazos y, con expresión de asombro, exclamó:

—¡Pero este animal se ha vuelto loco! ¿No se da cuenta que estamos aquí?

—No, estimado amigo, ya nunca será igual, ni usted ni yo estamos aquí; nuestras vidas, malas o buenas, quedaron atrás, en aquel accidente.

Un viento frío atravesó el banco del parque cuyo único ocupante colocó la cabeza entre sus patas delanteras y cerró los ojos.

Cambio de planes

«Los cambios más importantes de la vida, raramente
avisan antes de llegar».
H. Jackson Brown Jr.

A mi viejo Manolo

En algún aeropuerto del sur de la Florida dos hombres sentados en un confortable avión biplaza Cessna 337 esperaban la orden para el despegue.

Hacía una tarde espléndida. El piloto de la pequeña nave miró a su acompañante y, con voz preocupada, aunque firme, le dijo:

—Me sudan las manos…, pero estoy seguro de que lo voy a hacer bien.

—A mí no me cabe ninguna duda —contestó el acompañante—, y con este día, mejor imposible.

Desde la torre de control llegó la orden para el despegue; unos minutos después, el avión había levantado el vuelo.

«Si conoces a Fred, te va a caer bien», decían los amigos del aludido cuando alguien preguntaba por él en la gran comunidad de inmigrantes cubanos del sur de la Florida.

Fred era un tipo alto, fortachón, jovial, de muy buen carácter, con facilidad para relacionarse y siempre dispuesto a ayudar a los demás. Había llegado a los Estados Unidos con su esposa e hijo a mediados de los sesenta después de haber dejado atrás su Habana querida, al poco tiempo de que en Cuba se instaurara el Gobierno Socialista. El pequeño bote de pesca, en el que hizo la penosa travesía, arribó maltrecho a las costas de Cayo Hueso al cabo de varios días y de algunas desventuras.

Se estableció en la ciudad de Miami, pero en cuestión de unos meses encontró un buen empleo de mecánico en Fort Lauderdale y enseguida se trasladó a allí con su familia. Este era el oficio que había aprendido y ejercido en su tierra natal, de modo que, con un poco de esfuerzo, no tardó en poder reunir el dinero suficiente para abrir su propio negocio. El taller estaba en uno de esos barrios de la ciudad en los que lo mismo se escuchaba un constante ruido de herramientas que el repiqueteo de las fichas de dominó, mezclado con el bullicio tradicional de las reuniones entre cubanos.

Fred tenía dos grandes pasiones: los aviones y las motos; en ese orden ocupaban un lugar importante en su vida. Desde muy joven había soñado con ingresar en la escuela de pilotos, pero sus padres, gente de escasos recursos que a duras penas lograron proporcionar una buena educación a sus dos hijos, nunca pudieron asumir el alto costo de la aspiración del menor de ellos que, no obstante, siempre conservó la ilusión de aquel sueño pospuesto.

Con el nuevo y próspero taller en marcha, Fred tenía, además de un medio de sustento, la posibilidad de mantenerse cerca de los vehículos motorizados, el otro objeto de sus deseos. Poco a poco fue adquiriendo distintos modelos de coches y motocicletas como forma de inversión, aunque no se privaba de disfrutar de todos los ejemplares de su colección, de manera especial, de las motos que acostumbraba a usar en los paseos de cada domingo con sus compañeros de afición. «Las motos son bestias increíbles, te dan una sensación de libertad únicamente comparable con el vuelo de una aeronave, pero tienen el pequeño detalle de que tú eres parte del chasis del aparato. Y como dice el refrán —solía agregar— hay dos tipos de motoristas: «los que se han caído y los que se van a caer».

Un día, mientras consultaba un boletín de promoción, descubrió una oferta para ingresar en cierta academia de aviación en la ciudad de Miami. Antes de iniciar los trámites pertinentes esperó a consultarlo con su esposa quien no dudo en ayudarlo; así fue como, nada más haber pasado la primera entrevista, solicitó el crédito necesario y comenzó el curso de piloto ese mismo verano.

Fue una época difícil porque debía desplazarse varios kilómetros de una ciudad a otra para poder alternar las exigencias del aprendizaje con sus ocupaciones laborales y familiares. Se las arregló para mantener en funcionamiento el negocio, incluso más adelante, cuando, ya concluida la preparación, encontró la ocasión de hacer vuelos locales en aeronaves Cessna fundamentalmente con fines turísticos o en servicio de transporte privado.

A pesar de llevar aquella vida tan agitada, siempre encontraba tiempo para ir de pesca con su hijo y para atender a sus numerosas amistades, en su mayoría paisanos suyos con quienes a menudo se reunía a conversar de cualquier tema en torno a una mesa de comida criolla y a una añoranza común. En ocasiones algunos de ellos comentaban que, pese a lo perdido al abandonar su país, se alegraban de haber tenido la oportunidad de poder disfrutar de una nueva y mejor vida. Entonces Fred asentía, pues también estaba agradecido de su suerte; pero, cada vez que alguien le preguntaba si extrañaba Cuba, él levantaba la mirada al cielo y sin apartar de sus labios el humeante tabaco, murmuraba: «Yo extraño mi tierra todos los días».

En el transcurso de los ochenta surgió un nuevo proyecto para el todavía joven emprendedor cubano. La idea consistía en rentar un pequeño hangar, con dos avionetas, para realizar vuelos de entrenamiento y de índole similar. Se había asociado con un amigo de Miami, pero se trataba de una considerable inversión por lo que precisó poner a la venta el taller y varios vehículos de su colección.

Una de las motos Harley estaba ya prometida a un médico y viejo cliente suyo que había mostrado mucho interés en comprarla.

Acordaron verse esa tarde en el taller para dejar zanjado el asunto, pero a la hora de la cita sonó el teléfono; el amigo llamaba para explicarle que se le había complicado un caso en la consulta y le resultaría imposible llegar a tiempo; después de disculparse le preguntó si podía hacerle el gran favor de llevarle la moto a su casa y de paso, le hacía el honor de quedarse a cenar con él y con su esposa. «Ella es una excelente cocinera», le advirtió.

Cuando Fred abandonó el taller ya comenzaba a oscurecer. Conducir la vieja Harley era un placer para él, pero las noches siempre le inspiraban respeto, sobre todo yendo en un transporte tan frágil. Al salir de la autopista encontró el tráfico atorado en la calle que lo conducía hasta el vecindario de su amigo; se llenó de paciencia y continuó a través del montón de señales de *stop* y de semáforos que hacían del trayecto una eternidad.

En la intersección de una carretera de dos carriles le tocó volver a detenerse justo a la vez que lo hacía un Jeep situado en la senda lateral. Fred, con ademán cortés, levantó la mano y la movió en repetidas ocasiones para cederle el paso al otro conductor que parecía no estar atento. Decidió cruzar a toda velocidad, al mismo tiempo que aquel otro aceleraba la marcha del sólido vehículo que entonces impactó contra la moto y la arrastró varios metros sobre el asfalto.

Después de haberle practicado varias cirugías y tratamientos para intentar salvar su pierna izquierda, los médicos no tuvieron más opción que amputar el miembro afectado por el accidente. A partir de ese momento comenzó para él un largo y costoso, en todos los sentidos, proceso de recuperación.

Aquel desembolso imprevisto obligó al cubano a cambiar de planes, pero su espíritu no menguó. Muy a su pesar, tuvo que renunciar al proyecto de los vuelos; pronto, sin embargo, abrazó una nueva idea de negocio. El asunto no iba de motores, aunque él nunca abandonó del todo el tema porque ni siquiera la prótesis que aprendió a dominar con asombrosa soltura le impidió conservar el placer de conducir. Esa vez se trataba de algo muy diferente, de un lugar que cumpliera las funciones de salón para fumadores y de una pequeña fábrica de tabacos de producción limitada, pero de excelente calidad. Sin duda alguna, Fred tenía ángel para levantar cualquier negocio, el de los puros lo demostró.

Desde los primeros días, el salón de fumadores no dejó de recibir clientes, muchos de ellos tan asiduos y cercanos, que convirtieron el lugar en la casa de una gran familia. Cierto día llegó a la tabaquería un visitante desconocido de aspecto muy convencional con guayabera blanca, porte distinguido y acento cubano-americano. Se presentó ante el dueño de la tabaquería como un piloto retirado del ejército que necesitaba un grupo de personas para una buena causa: un proyecto de vuelos de reconocimiento y localización. Venía de parte de aquel otro coterráneo que, unos años atrás, iba a ser socio en la empresa del hangar de avionetas, truncada a causa del accidente. Fred escuchó atentamente la propuesta del recién llegado y, a pesar de sus limitaciones para pilotear una nave, el corazón le decía que tenía que colaborar de alguna manera.

Habían acordado reencontrarse en un aeropuerto de la ciudad de Miami para realizar una exploración aérea del espacio marítimo donde pretendían llevar a cabo el proyecto.

Fred se detuvo frente al avión Cessna 337, miró a su paisano y le pregunto:

—¿Volaremos cerca de La Habana?

—Es muy probable.

—Pues tengo una única condición.

—Usted dirá, estimado amigo.

—Que me permita conducir la avioneta por esta única vez —pidió, antes de agregar—. Bueno, si no resulta un problema para ustedes, claro está…, hace ya unos años que no llevo una de estas, pero lo que bien se aprende no se olvida, ¿verdad?

Varios minutos después de recibida la indicación de la torre de control, la aeronave volaba sobre las aguas del estrecho de la Florida. Fred volvía a experimentar la sensación de libertad que lo acompañó en todos sus sueños, sin importar cuáles fueran los obstáculos. Podía ver las aguas revueltas del trayecto, aparentemente mansas desde la altura. Llegado el momento de realizar la maniobra de retorno, Fred accionó los mandos y con gesto de complicidad hizo un guiño al litoral habanero que se distinguía a lo lejos y que, a pesar de la distancia, sentía más cerca que nunca.

En una base aérea, en la Mayor de las Antillas, dos *Mig-* 29 levantaban el vuelo.

Demencia

«Cuando mi madre enfermó, no lo supimos, ni siquiera su médico, porque la demencia llega a escondidas, como un ladrón en la noche».
Viviana Flain Binda

No recordaba su fecha de nacimiento, ni la dirección de su casa, ni siquiera el nombre de sus hijos; pero, por el perdón que concede la desmemoria en algunos casos, Shirley nunca olvidó a Mark.

Sentada en el exterior de una cafetería, al amparo de una sombrilla color rojo vino, la anciana disfrutaba del agradable ambiente primaveral, mientras jugueteaba con una flor que había volado hasta la mesa, muy cerca de su taza de café.

Esa tarde, como de costumbre, estaba elegantemente vestida. El traje de dos piezas, ceñido al talle, y los zapatos de tacón, resaltaban su esbelta figura. Llevaba el pelo recogido y un maquillaje discreto, impecable. Parecía tener diez años menos, también por su actitud, pero en ese instante, en su mente desorientada, casi nada a su alrededor tenía sentido hasta que su mirada encontró aquel cartel de la agencia Cadillac, al otro lado de la calle.

Shirley pertenecía a la generación de niños de la postguerra. A pesar de las dificultades de la época, ella y sus hermanos, hijos de dos maestros, recibieron una buena educación y gozaron de una infancia dichosa. De los cinco hijos del matrimonio, fue sólo ella la afortunada heredera del atractivo físico y del talento musical de la abuela materna, oriunda de Francia.

Conoció a su esposo Mark en la noche de graduación de la escuela superior; aunque él no era su pareja de baile, desde entonces se convirtió en su compañero para toda la vida. Se casaron cuando Mark, recién licenciado en ingeniería química, se incorporaba a la plantilla de una importante compañía dedicada a procesamiento de productos derivados del petróleo, en la que, al cabo de varios años y de mucho trabajo, llegó a ser uno de sus principales ejecutivos.

El joven matrimonio compró una casa en uno de los barrios periféricos de la ciudad de Houston donde nacieron las dos chicas mayores y el menor de sus tres hijos. Shirley siempre fue una madre amorosa, especialmente con su pequeño, pero según ella misma confesara, la persona más importante en su vida era su esposo. Y lo mismo representaba su mujer para él; siempre hacía una distinción especial, cuando se trataba de la dueña de aquella sonrisa que cautivaba al más fuerte de los hombres y convencía al más incrédulo.

Para complacer a Mark, ella se esmeraba en la elección de sus atuendos diarios y de sus peinados; emprendía con igual entusiasmo las labores domésticas que las actividades organizadas por la comunidad de su iglesia; preparaba las más elaboradas recetas de cocina y renovaba su repertorio de melodías para piano, que solía tocar durante las celebraciones con amigos, en familia, o en esas noches de fines de semana que a los dos les gustaba tanto compartir a solas.

Viajar en pareja era la otra de las aficiones favoritas de Shirley y Mark. Juntos recorrieron medio mundo, a veces por motivos de trabajo de él, otras, por vacaciones. Una de sus escapadas más inolvidables fue la del safari en la Reserva Nacional Masái Mara de Kenia, aunque, además de haber sido esa muy especial por la extraordinaria belleza del lugar, también lo fue porque allí

~ 81 ~

contrajo él la fiebre amarilla. Después de aquel episodio infeccioso, complicado con una neumonía y agravada por el enfisema pulmonar crónico que Mark padecía desde mucho antes, su estado comenzó a empeorar de forma acelerada y muy evidente, aun a pesar de que, tras la experiencia, lograra abandonar el arraigado hábito de fumar cigarrillos.

Los últimos años de Mark fueron los peores en la vida de la pareja. Él, imposibilitado de valerse por sí mismo, ella, condenada a la pena de presenciar el deterioro del esposo; eso, sin contar el esfuerzo físico que a su edad le suponía atender las necesidades de tan dependiente enfermo. Cuando él murió, Shirley parecía haber dejado de ser la misma; naturalmente, hacía ya tiempo que su cuerpo acusaba el paso del tiempo, pero, aparte de la lozanía perdida, la tristeza vivida le había arrebatado la luz de su peculiar sonrisa y había acelerado los signos de demencia senil apenas notables hasta entonces.

El resto de la familia, que siempre se mantuvo cerca y era consciente de la situación mental de la anciana, consideró apropiado, al menos de momento, ceder a la insistencia de la ahora afligida viuda en seguir conduciendo su coche.

Todos sabían que ese Cadillac, modelo serie 62 de 1947, regalo de su padre en su vigésimo cumpleaños, había sido una de las distracciones preferidas de la joven Shirley quien todavía conservaba aquella reliquia como nueva. Pero la escasa confianza de los hijos en la capacidad de la anciana se agotó por completo la noche en que esta se perdió.

Caía la tarde en la urbanización, Shirley acababa de cenar con un grupo de amigas en el club privado de botes y subía a su Cadillac de regreso a casa desde el estacionamiento del lugar.

Aunque no estaba muy distante, debía atravesar la autopista interestatal cuarenta y cinco y manejar varias millas hacia el este. Al llegar a la intersección, en vez de continuar, tomó la autopista en dirección norte, segura de seguir el camino correcto; sólo comenzó a dudar al ver cuánto duraba la travesía. Enseguida intentó hallar el modo de retornar, pero equivocó el trayecto y se subió al periférico que circunda la ciudad.

Se dejó llevar. El teléfono sonó en dos ocasiones, pero ella no debía de escucharlo. Tampoco parecía importarle saber dónde se encontraba o cuál sería su destino; simplemente se limitó a pisar el acelerador. Entre tanto, la noche oscurecía aquel desconocido paisaje y la vía, ya convertida en un largo río de luces rojas.

Al cabo de unos minutos, su mente volvió a la realidad de modo tan inesperado como antes se había desconectado de ella. «Estoy perdida», comprendió por fin, y en el mismo instante se dio cuenta del poco combustible que le quedaba. Presa de la ansiedad, tomó la salida inmediata que llevaba a un camino vecinal rodeado de pequeñas propiedades. «Esto es una zona rural», dedujo mientras continuaba conduciendo sola a través de un sendero oscuro, abandonado. Sudaba a pesar de tener puesto el aire acondicionado. Estaba al borde del terror cuando oyó timbrar el teléfono.

Una vez tras otra lo oía sonar. Con la mano derecha tanteaba la superficie del asiento próximo; también a ciegas, rebuscaba en el interior de su cartera, pero no había manera de que diera con el aparato. Entonces sintió cómo el auto salía del camino al tiempo que una de las gomas delanteras explotaba al caer en la cuneta. El coche siguió rodando entre la maleza hasta que se detuvo. Todo quedó en silencio, el motor dejó de funcionar; sólo los faros se mantuvieron encendidos, aunque nada de esto lo sabía Shirley porque ya había perdido el conocimiento.

Las amigas del club de botes, la familia y muchos de sus vecinos pasaron horas en vela, rezando, haciendo llamadas, tratando de conseguir alguna noticia sobre el paradero de la desaparecida. Al día siguiente, Shirley se encontraba en casa, ilesa, rodeada de sus hijos. Había dejado el hospital adonde la había llevado la ambulancia la noche anterior, gracias a que un residente de la zona cercana al descampado había visto, por casualidad, el vehículo accidentado y había avisado a los servicios de emergencia.

Después del incidente, la señora se vio obligada a acatar la prohibición de volver a conducir. En ese momento se mostró comprensiva, incluso estuvo de acuerdo con la idea de vender el Cadillac a su nieto mayor. No obstante, cuando se hicieron más frecuentes los episodios de desorientación que ponían en peligro su integridad, los hijos decidieron contratar una enfermera a tiempo completo para que la madre pudiera permanecer en el hogar.

Había transcurrido casi un año del primer accidente. Esa mañana Shirley tenía una cita con su doctor para una revisión de rutina. La consulta terminó temprano y aprovechando que hacía un bonito día, la acompañante la llevó a tomar un café en el área exterior de una cafetería cercana. En cuanto la dejó sentada a una de las mesas, le pidió:

—Señora, por favor, pórtese bien, no se mueva de la silla. La dejaré sola unos minutos porque necesito hacer una gestión en el banco de aquí al lado —casi le rogaba la mujer, con cierta desconfianza, mientras señalaba al edificio próximo.

Ella miró a la enfermera y continuó jugando con la flor que había caído encima de la mesa, hasta que sus ojos descubrieron el letrero de la agencia Cadillac. Entonces se levantó y con su elegante andar, atravesó la calle que la separaba del concesionario. Apenas tuvo que esperar para ser recibida por uno de sus agentes que, si bien se extrañó ante la presencia de aquella anciana solitaria y encima interesada por un auto Cadillac de lujo, no puso reparo en atender a la singular cliente de sonrisa encantadora que, con actitud tan resuelta, se disponía a sacar de su bolsa una chequera.

Sin pensarlo dos veces, el vendedor se apresuró a iniciar los trámites de la documentación.

—Señora, necesito que me complete este formulario —dijo, tendiéndole el papel.

Shirley asintió con un gesto y, con semblante inocente, preguntó al agente:

—¿Podría primero probar el carro?

Pocos minutos después, estaba al volante del Cadillac. El lujoso interior le recordó tiempos de viajes y aventuras. A través del retrovisor del coche, vio a la enfermera y al vendedor de la agencia, corriendo a su encuentro. Pisó el acelerador y puso rumbo a la autopista cuarenta y cinco en dirección norte, aunque en realidad no tenía la menor idea de dónde se encontraba ni de cuál sería su destino. Sólo sabía que junto a ella iba sentado su amado Mark, quien le susurró al oído una frase de consuelo:

—Shirley, amor, recuerda, algunos caminos hermosos se descubren cuando estamos perdidos.

Una lección bien aprendida

«Si todo te parece bajo control, es que no vas lo suficientemente rápido.»

Guilles Villeneuve

La madrugada apenas comenzaba cuando Jordan llamaba al novecientos once para reportar la desaparición de su hijo de ocho años y de su automóvil. Ella estaba casi segura de lo que había ocurrido, pero eso no aminoraba su angustia.

Cerca de allí, de aquel barrio de clase alta de la ciudad de Seabrook, un auto de policía entraba en el estacionamiento de la gasolinera donde se encontraba el BMW reportado en la información emitida por la radio policial, en la que también se indicaba la búsqueda de un menor, probable ocupante de dicho vehículo. Uno de los dos agentes se aproximó al automóvil y dio un par de toques en la ventanilla.

El cristal descendió al nivel de los ojos del peculiar conductor.

—¿Cuál es tu nombre muchacho? —preguntó el uniformado.

—Carlos —respondió la voz infantil.

—¿Cómo se llama tu mamá?

—Jordan.

—Mantén las manos donde pueda verlas, y bájate del coche —ordenó el policía—. No te preocupes, ya estamos localizando a tu mamá.

Jordan sintió un gran alivio al recibir la noticia. Sospechaba que esa no era la única vez que Carlitos se había llevado el coche a «pasear», pero hasta entonces sólo había sido un presentimiento. Esa misma mañana, al entrar al auto para ir al trabajo, había notado algo, quizás el olor de su hijo…, no estaba segura. Le costaba creerlo, pues, por mucho que lo interrogara e insistiera en tratar de arrancarle la confesión al muchacho, nunca lo había conseguido.

Ahora ya no le quedaba duda. Esa noche, lo que preocupaba era la actitud relajada de su hijo ante la situación. El agente que lo interrogó le dijo que este había conducido, por lo menos, durante unos cuarenta minutos, y que lo había hecho a una velocidad no inferior a ciento veinte kilómetros por hora.

—Créame, él estaba muy tranquilo, sus respuestas eran de lo más coherentes —le aseguró el oficial, con una media sonrisa.

Jordan era cirujana, prestaba servicio en uno de los hospitales infantiles del centro médico de la ciudad de Houston. Después del incidente de aquella noche, le pidió consejo a un psicólogo de su centro, convencida de que la conducta de su hijo merecía toda la atención posible. Intercambiaron opciones y determinaron conveniente que el chico acudiera a la consulta de otro especialista recomendado por el primero. A partir de ese momento el chico aceptó, a duras penas, asistir a las citas concertadas.

Los siguientes años de la vida de Carlitos transcurrieron con normalidad. El incidente del coche no se había repetido, ni tampoco había nada en su comportamiento que fuera motivo de particular preocupación. Era un adolescente introvertido, pero siempre dispuesto a participar con sus amigos en cualquier evento de la escuela, especialmente, si se trataba de alguna actividad deportiva. Su aspecto era normal, sólo se distinguía del resto por su actitud dinámica, por ese hábito de ir corriendo a todas partes. Sus compañeros de escuela lo llamaban «El Bólido».

Concluía la enseñanza intermedia y, además de integrar el equipo del club de carreras de *karting* de la ciudad, ayudaba en el entrenamiento de los niños más pequeños que comenzaban a correr en categorías menores. Los juegos y aficiones del muchacho estaban relacionados con los coches y con las emociones fuertes. Su equipo se preocupaba por alcanzar los primeros lugares, pero quienes conocían bien a Carlitos sabían que su verdadero objetivo era apretar el acelerador. Su cuarto estaba decorado con el tema de las carreras de autos: NASCAR, Campeonato Mundial de Rally y, por supuesto, Fórmula Uno. Entre los recuerdos más apreciados por él, se distinguía el guante autografiado por Lewis Hamilton en el Australian Gran Prix del 2007 al que había asistido en compañía de la madre.

Ella estaba muy satisfecha con la conducta de su hijo. Había subordinado su predilección por el mar y por las acampadas en el bosque a la gran pasión de aquel único hijo, fruto de una relación fallida. Jordan nunca volvió a comprometerse con otra pareja, estaba orgullosa de ser una madre soltera y se sentía feliz de poder dedicarse a esa función y a sus ocupaciones médicas.

Todo iba bien en la vida de ambos hasta la llegada del nuevo vecino que ocupaba la casa contigua a la de ellos, y quien acababa de comprar un Chevrolet Camaro ZL1, considerado uno de los mejores modelos de la marca y equipado con un motor V8 de quinientos ochenta caballos de fuerza que le permitía desplazarse, en muy poco tiempo, a velocidades cercanas a los trescientos kilómetros por hora.

Un día de esos, Carlitos tenía un examen de matemáticas y en la tarde, una prueba de resistencia física, por lo que la madre, sabiendo que iba a ser un día duro, le preparó en la mañana un buen almuerzo y le prometió que, si salía bien en el examen, se irían a cenar unas hamburguesas, la comida preferida del muchacho.

Con esa idea muy presente en la memoria, se bajó Carlitos del ómnibus que cada tarde lo acercaba a casa. La prueba de atletismo lo había dejado rendido, le dolían tanto las piernas que, en vez de echarse a correr hasta la puerta, como solía hacer, fue casi arrastrando los pies. No parecía costarle menos encontrar el llavero en la mochila, en esas estaba cuando le sorprendió un conocido sonido a su espalda y de inmediato se giró hacia el lugar de donde provenía aquel rugido tan especial para él.

Ahí estaba el deslumbrante Chevrolet Camaro del vecino, quien, tras dejar su coche aparcado, entró en su vivienda sin percatarse de la presencia del muchacho, que entretanto, continuaba buscando las llaves, aunque en realidad ya las había encontrado; fingía hacerlo con la intención de dar tiempo a que el señor desapareciera de su vista porque así él podría acercarse al vehículo. Se moría de ganas de ver cada detalle. El Chevrolet estaba cerrado, pero a través de las ventanillas se apreciaba el interior: tapicería de piel, incluso en el volante; palanca de velocidad pequeña, elegante; asientos ergonómicos y todo tipo de accesorios propios de su diseño deportivo. Un largo suspiro se escapó de los labios del muchacho.

Después de haber disfrutado de la breve experiencia, entró en casa dispuesto a hacer el esfuerzo de terminar unos deberes de la escuela aún pendientes. Sabía que dispondría de suficiente tiempo para hacerlo porque su madre todavía tardaría en volver del trabajo. Llegó al cuarto, lanzó la mochila sobre la pequeña butaca de mimbre y sin quitarse la ropa se recostó en la cama, fijó la mirada en el techo y empezó a barajar ideas de probables lugares a donde pasar las próximas vacaciones.

Apenas había comenzado cuando escuchó de nuevo el rugido del motor que lo hizo saltar de la cama y asomarse a la ventana. Afuera, el vecino aceleraba la potente máquina como si quisiera anunciar a todos su nueva adquisición. Molesto por el intempestivo ruido y por cierta envidia, Carlitos dejó la habitación, bajó las escaleras y atravesó el umbral de la puerta de salida.

~ 94 ~

Salió al portal y vio que en el porche de su vecino estaba el auto en marcha con la puerta del conductor abierta, pero no encontró a nadie en el interior. Supuso que aquel, justo antes de irse, habría olvidado algo y había vuelto a entrar en casa a buscarlo. En ese instante, sin habérselo propuesto, Carlitos se sentó al volante, decidido a cruzar los límites de la cordura, pues era consciente de que, con sus catorce años y un antecedente en contra, aquello podría tener serias consecuencias para él. Aun así, sucumbió a su instinto, escudándose en lo primero que se le ocurrió: "sólo necesito unos minutos para probar el coche; además, este tipo me la debe por haberse puesto a coquetear con mamá...Ya me las arreglaré para salir de esta".

No podía perder un segundo más. Acomodó el asiento, se ajustó el cinturón de seguridad y abandonó el lugar, con un discreto chillido de las gomas. Miró a través del espejo retrovisor para ver si su vecino lo había descubierto, pero no lo vio entonces ni durante el resto del trayecto hasta la esquina. Al alcanzar la calle principal de la zona residencial, movió la palanca de cambios tan rápido como pudo; en menos de un minuto llegó a la intersección de esta con la autopista y enseguida tomó la rampa a la gran vía.

Sabía que a esa hora el tráfico era más concurrido en dirección al centro de la ciudad, por lo que se dirigió hacia el sur. Iba relajado, disfrutando de la máquina y de la conducción. Al observar el cuentamillas, calculó que, necesitaría un gran espacio para remontar la velocidad del vehículo. Recordó lo que había leído sobre el efecto túnel, ese fenómeno que ocurre cuando se superan los ciento treinta kilómetros por hora; en ese momento sintió una súbita e intensa emoción, al tiempo que se preguntaba qué podría ocurrir.

Buscó un espacio dentro del carril de la izquierda y aumentó la velocidad del coche hasta alcanzar una muy superior a la permitida en ese tramo. Tuvo que reducir la marcha porque los vehículos que le precedían no lo dejaban avanzar; luego se dejó llevar por el torrente de luces que encendían la tarde, ya en penumbra.

No muy lejos, a su derecha, distinguió algo que podía ser su única oportunidad de escapada: un segmento de la autopista en construcción, paralelo a la vía y cerrado al tráfico regular. Cambió de senda, tomó el desvío hacia la carretera en obras y cruzó velozmente entre los conos plásticos de color naranja. Situado ya sobre el nuevo pavimento de hormigón, se incorporó un poco e hizo una rápida evaluación del terreno que se extendía ante él. Pensó que era el ideal para hacer realidad su sueño y se lanzó.

La fina arenilla, procedente de la nueva carretera, golpeaba el parabrisas. Carlitos veía cómo empezaba a estrecharse el camino y cómo se elevaba la aguja del tacómetro; se sentía en paz, dentro de un silencio ensordecedor, sólo interrumpido por el recuerdo de la promesa hecha a su madre.

Una brusca sacudida del coche lo sacó de sus pensamientos. El camino había terminado. Debía encontrar la rampa de bajada que uniría el tramo recién construido con la vieja autovía, pero ésta todavía faltaba. Nada que hacer, era demasiado tarde, incluso para frenar. "Ta vez podría…", pensó, al tiempo que pisaba a fondo el acelerador. Quienes entonces circulaban por la autopista vieron, horrorizados, el Chevrolet que se alzaba en aquel vuelo suicida.

Carlitos cerró los ojos. Una corriente recorrió su cuerpo, mientas el carro se precipitaba en picada.

—¡Carlitos, hijo, despierta! —le suplicaba Jordan, mientras zarandeaba, suavemente, el cuerpo del chico.

Él despertó y, sin decir una palabra, corrió a asomarse a la ventana. Distinguió el Camaro azul entre la oscuridad del anochecer, parado al borde de la calle. A través de la ventanilla abierta, reconoció al vecino sentado frente al timón; al parecer esperaba a alguien. También alcanzó a escuchar la melodía que sonaba en la radio del coche: «Hotel California», la canción favorita de Jordan.

Se volvió en busca de su madre que seguía allí, de pie junto a la cama. Fue hacia ella y la estrechó en un fuerte abrazo. Con tono dulce y convincente, le dijo:

—Mama, ¿nos vamos al mar estas vacaciones?

Entre luces rojas: historias de carreteras
de José Álvarez Bernal, concluyó su proceso editorial
en septiembre de 2022 en la ciudad de Houston, Texas,
Estados Unidos de América.

www.ingramcontent.com/pod-product-compliance
Lightning Source LLC
Chambersburg PA
CBHW031855170626
46807CB00004B/1738